DOCUMENTS

Pour servir d'éclaircissement aux difficultés suscitées au Dr Léon Marchant, médecin ordinaire, dans l'hôpital Saint-André de Bordeaux ;

Adressés au ministre de l'intérieur, concurremment avec la commission administrative des hospices.

———————

L'esprit qui se fit l'instigateur du procès qu'eut à soutenir à Bordeaux l'homœopathie, dans la personne du docteur J. Nunez, à propos d'exercice illégal, poursuit sa pauvre et orgueilleuse tâche.

Il est parvenu à créer des embarras dans un milieu où ils étaient impossibles.

La commission administrative des hospices, prudente comme elle doit l'être à l'égard des innovations thérapeutiques, avait fait et devait faire ses réserves au sujet de l'homœopathie ; mais en même temps, accessible à tout procédé curatif qui peut tourner au profit des malades, elle avait compris qu'elle ne devait pas s'opposer systématiquement à la doctrine homœopathique. Elle n'est pas tellement ignorante des progrès et des tendances des doctrines médicales, qu'elle ne dût pas s'attendre à la voir un jour frapper à la porte de ses hospices.

Elle avait donc pris l'initiative avec résolution, mais aussi avec la sagesse qui convient à des hommes qui sont responsables, aux yeux de la société, de pauvres malades que leur livre la mauvaise fortune.

Elle avait, en conséquence, formulé les deux délibérations que voici :

Extrait des registres des délibérations de la commisssion administrative des hospices de Bordeaux.

Séance du 14 août 1846.

Vu l'arrêté de M. le Préfet en date du 8 de ce mois, qui nomme M. le Dr Marchant aux fonctions de médecin ordinaire de l'Hôpital ;

Vu la délibération du 24 juillet dernier, qui détermina certaines conditions auxquelles la commission subordonnait la présentation de M. Marchant à la nomination de M. le Préfet;

Vu la délibération du 31 du même mois, par laquelle la commission procéda à cette présentation, après le rapport qui lui fut fait par M. l'administrateur-commissaire de l'Hôpital, que M. Marchant, par déclaration verbale, avait adhéré à la délibération du 24 juillet;

Attendu que cette délibération portait que cette adhésion serait exprimée par écrit; et qu'il ne reste plus, maintenant que la nomination de M. Marchant a suivi, qu'à accomplir cette formalité, afin qu'il puisse être procédé à son installation;

La commission délibère qu'une ampliation de l'arrêté qui nomme M. Marchant (Léon) aux fonctions de médecin ordinaire de l'hôpital Saint-André sera transmise à M. l'administrateur-commissaire, qui voudra bien recevoir, au pied d'une copie de la présente, la déclaration d'adhésion de l'honorable docteur, aux termes de la délibération du 24 juillet;

Savoir :

« Que M. Marchant ne fera à l'hôpital application du traitement » homœopathique que dans les cas où les procédés ordinaires seront » restés impuissants ou insuffisants; et seulement après que, dans » une conférence à laquelle seront appelés deux de ses collègues, mé- » decins ou chirurgiens ordinaires, cette impuissance ou insuffisance » auront été reconnues, et que le traitement par l'homœopathie aura » été décidé par consultation, dont le chef interne signera la note » indicative et substantielle : la commission se réservant d'établir ré- » glementairement les mesures de contrôle et de détail propres à ré- » gulariser et constater ces délibérations, à suivre les effets des ap- » plications homœopathiques, à en faire recueillir les observations » pratiques, et à s'en faire rendre compte. »

Aussitôt que cette adhésion pure et simple aura été écrite par M. Marchant, M. l'administrateur-commissaire procédera à son installation.

Pour extrait conforme :

Le secrétaire en chef, J.-B. PELAUQUE.

La commission administrative à M. L. Marchant, médecin de l'hôpital Saint-André.

Bordeaux, le 29 août 1846.

Monsieur,

La commission s'est occupée de régulariser, par quelques articles réglementaires qu'elle s'était reservé d'établir, le mode d'après lequel serait appliquée la méthode homœopathique lorsque MM. les médecins de l'hôpital jugeraient, dans les cas prévus par notre délibération du 14 août, pouvoir essayer ce mode de traitement.

Nous avons adressé une expédition de ce règlement à la réunion médico-chirurgicale de l'hôpital et au chef interne, à raison du concours qui leur est assigné dans son exécution; mais nous avons cru devoir, en outre, vous en remettre une copie que vous trouverez ci-jointe.

Nous avons l'honneur, Monsieur, de vous saluer avec une considération bien distinguée.

Le *vice-président*, vicomte PELLEPORT.

J.-B. PELAUQUE, *secrétaire*.

Commission administrative des hospices de Bordeaux.

Extrait de la séance du 25 août 1846.

La commission délibère :

1° Lorsque l'un de MM. les médecins de l'hôpital jugera utile, suivant les cas prévus dans la délibération du 14 août, d'appliquer au traitement d'un malade la méthode homœopathique, il préviendra le chirurgien chef interne, qui convoquera immédiatement deux autres de MM. les médecins ou chirurgiens chefs de service dans l'établissement, pour l'heure qu'aura fixée le médecin qui demande la consultation.

2° MM. les consultants seront appelés par M. le chef interne, suivant l'ordre du tableau de nomination et à tour de rôle.

3° Le chef interne assistera à la consultation; il en constatera le résultat dans une notice écrite et signée par lui, sur un cahier spécial, paraphé préalablement par M. l'administrateur-commissaire. La notice contiendra le nom des consultants, l'âge, et autres indications de profession et de domicile qui désignent le malade, la nature de l'affection qui aura été reconnue, et la décision affirmative ou négative relativement au traitement homœopathique.

4° Il sera tenu un livre d'observations sur lequel seront portés les malades traités homœopathiquement. Le chef interne, qui accompagnera toujours le médecin à ses visites et en tiendra le cahier, à l'exclusion des élèves, rapportera, sur le livre d'observations, les prescriptions diverses. Il y notera tous les incidents qui pourraient survenir pendant le cours du traitement jusqu'à terminaison. Il remettra, chaque mois, à la commission, un tableau des malades traités dans lequel seront indiquées la nature de la maladie, la durée du séjour, et la solution, par guérison et sortie ou par décès.

5° MM. les chefs du service qui auront concouru à la consultation pourront, quand cela leur conviendra, suivre la visite du médecin qui l'aura demandée; à cet effet, la visite spéciale des malades qui seraient traités homœopathiquement n'aura lieu qu'après le coup de cloche annonçant, à neuf heures, chaque matin, la fin de la visite ordinaire.

6° Les soins dévolus aux élèves de diverses classes, dans le service ordinaire, pour suivre la visite et l'exécution des prescriptions et la surveillance des malades, sont confiés exclusivement, quant au traitement homœopathique, au chef interne.

7° Si, dans les autres hospices, l'essai de ce traitement était demandé, la mesure d'une consultation préalable sera appliquée; les consultants seront pris parmi les médecins et chirurgiens de l'hôpital.

Pour extrait conforme :

Le secrétaire en chef des hospices, J.-B. PELAUQUE.

Procès-verbal de la réunion médico-chirurgicale, adressé à la commission administrative.

Messieurs les administrateurs,

Nous venons, ainsi que vous nous l'avez demandé, vous accuser la réception de votre lettre du 28 août dernier.

Nous vous transmettons également la décision qui a été prise par la réunion médico-chirurgicale à propos de cette lettre.

Sans entrer dans les longues réflexions que la circonstance inspirerait, nous nous bornerons à vous faire connaître que nous ne pouvons, ni *directement*, ni *indirectement*, nous associer à la pratique de l'homœopathie.

Voici en quelques mots les motifs qui ont dirigé notre détermination :

L'homœopathie n'est pas une *méthode*, comme vous le dites, mais bien un empirisme hardi, qui prend pour base la négation de toute science physiologique et pathologique, et le mépris le plus audacieux des travaux de tous les hommes qui, dans le long cours des siècles, ont le plus honoré et relevé l'espèce humaine.

L'homœopathie n'est pas une pratique nouvelle; elle a été définitivement et tous les jours jugée depuis plus de vingt années. Il n'est donc pas besoin de la juger encore, dans les *appels* qu'elle fait sans cesse auprès de ceux qui lui ont rendu consciencieuse et complète justice.

Tous les pays que dirige l'esprit philosophique l'ont repoussée : ainsi l'Angleterre, l'Italie, la France ; elle n'a pu trouver de partisans dans les écoles, les facultés, ni dans ces centres scientifiques qui recherchent, pour les propager, toutes les grandes découvertes utiles à l'humanité, et qui sont d'ailleurs surveillés par la haute inspection des gouvernements.

Les corps académiques, celui de Paris, par exemple, ont porté sur elle un coup-d'œil scrutateur ; elle n'a pu résister à cet examen. Tous les hommes exacts et judicieux qui marchent en tête de l'art médical dans toute la France, la foule des praticiens éclairés et sensés, n'y font plus aucune attention. Ne sont-ce pas là des preuves bien convaincantes de ce qu'elle vaut réellement ?

L'homœopathie n'est pas, comme vous pourriez le croire, une pratique sans aucun danger, et qu'on peut employer sans crainte : consistant à éloigner les remèdes actifs que l'observation de toutes les époques et de tous les maîtres de l'art a reconnus comme tout puissants dans les maladies aiguës ; et, d'un autre côté, ne mettant en usage que des agents sans force ou entièrement affaiblis, cette pratique ne peut devenir que très-périlleuse dans un hôpital où sont rassemblées, pour la plupart, des affections aiguës.

Dans les affections chroniques, elle ne fait que suivre, sans l'avouer, les exemples de la médecine de tous les temps.

Par rapport aux pauvres malades, et indépendamment des dangers qu'ils courraient en ne recevant pas, dans des affections aiguës et promptes, le secours d'un traitement énergique et efficace, une observation morale nous a frappés.

Ne serait-il pas bien décourageant et bien cruel pour les malades de se voir désignés comme sujets d'épreuve à l'homœopathie, car ce serait, dans un sens très-significatif, leur indiquer qu'ils sont atteints d'une affection pour laquelle la vraie science est *impuissante* et *insuffisante* ? C'est comme si on leur signifiait qu'ils n'ont plus qu'à périr ! Cet arrêt serait inhumain.

Nous nous arrêtons à ces quelques chefs principaux, qui, dans nos études sur l'homœopathie, ont fixé nos convictions.

Tels sont les motifs, Messieurs, puisés dans l'expérience de tous les âges de la médecine, bien plus que cette propension à de vaines disputes de doctrine, qui nous font refuser tout rapprochement avec l'homœopathie.

Si nous le refusons, ce rapprochement, comme chefs de service revètus par vous d'une haute confiance auprès d'une population de pauvres malades dont les existences nous sont remises, nous cédons aussi aux impulsions de notre dignité d'hommes, à celles de notre sentiment de probité intime, et du respect que nous devons à la science qui est devenue notre culte et notre religion ; science à laquelle nous avons tous les jours une foi plus entière.

Nous sommes sûrs, Messieurs, que si nous avions été consultés préalablement par vous sur un point qui nous est si afférent et qui intéresse notre science, nos réclamations justes et unanimes vous eussent empêchés d'ouvrir les portes de l'hôpital à une pratique que vous avez cru n'être pas *encore définitivement jugée*, mais qui n'est qu'une rêverie allemande, regardée comme telle par tous ceux qui ont bien voulu l'examiner.

Recevez, etc.

2 septembre 1846.

Signé à la minute : E. GINTRAC, professeur de clinique interne ; CHAUMET, professeur de clinique chirurgicale; DÉGRANGE; Étienne PUJOS, D -M. P.; BURGUET, D.-M. M.; Dr Eugène BERMONT, et Dr PUYDEBAT.

Pour copie conforme :

Le secrétaire en chef de la commission, J.-B. PELAUQUE.

Cette sorte de manifeste, dont il faut laisser à d'autres le soin d'apprécier la forme et le fond, et qui décèle l'ignorance la plus complète de l'état actuel de l'homœopathie dans le monde, est l'unique origine des difficultés qui ont surgi entre la commission administrative et le Dr L. Marchant.

Les administrateurs, subjugués par des craintes chimériques, se sont effrayés de leurs généreuses et libérales intentions ; ils sont revenus sur leurs pas. — Il en est résulté alors des délibérations et des actes qui ont dépassé même toutes les réserves faites; ils sont devenus attentatoires à la liberté de conscience médicale ; et, sous le prétexte que le Dr L. Marchant fait de l'homœopathie, il lui est défendu de formuler à petites doses les médicaments de la pharmacie de la maison.

Dès ce moment la commission administrative a épousé les préjugés scientifiques du manifeste ; elle a renchéri même sur sa pensée. — Le manifeste dit bien qu'il ne peut *s'associer directement* ou *indirectement* à la *pratique homœopathique* (à cet égard il est libre), mais il ne dit nulle part qu'il faille défendre cette pratique. C'est la commission toute seule qui prend sur elle de faire cette défense.

Extrait d'une lettre du Dr Marchant à M. le vice-président de la commission des hospices.

Bordeaux, le 3 septembre 1846.

Monsieur,

. . . .

Vous êtes informé des résultats de la séance tenue par la réunion médico-chirurgicale qui avait à s'expliquer sur la délibération du 25 août dernier. Je n'ai donc rien à apprendre à l'administration. Cependant je prendrai la liberté d'ajouter une variante aux choses qui ont été dites.

Je ne me suis jamais fait illusion sur la disposition des esprits. — Le traitement homœopathique n'aura le concours d'aucun de mes collègues. — Péremptoires et exclusifs, ils nient purement et simplement l'homœopathie, comme on niait dans le temps la circulation du sang, le mouvement rotateur de la terre, etc. — Selon mes honorables collègues, l'homœopathie est jugée ; elle n'existe pas, elle ne peut exister. Ils ont été unanimes dans la même opinion, même M. le docteur Chaumet, qui, n'ayant pu assister à la réunion, avait chargé l'un de ces messieurs de l'informer qu'il partageait à l'avance le dire de la majorité. — Vous le voyez, c'était un parti bien résolument pris. Conséquents avec eux mêmes, ils ne pouvaient, ils ne devaient vouloir concourir à des expériences cliniques qui procèdent d'une doctrine dont l'existence est impossible, disent-ils.

Ainsi, Monsieur, les dispositions réglementaires que la prudence, que la sagesse de la commission administrative avait prises dans une vue de progrès, resteront sans application, du moins pour un temps indéterminé. On attendra donc que les esprits soient moins prévenus et soient plus éclairés tout à la fois, pour leur faire un nouvel appel sur le terrain de l'expérience, qu'on dénie ici aujourd'hui d'une manière si dégagée, alors qu'on l'invoque sans cesse sous le plus petit prétexte, sans contrôle et dans des circonstances mesquines, stériles et limitées, la plupart du temps, à un détail perdu d'une expérimentation clinique qui n'est pas toujours sans danger.

Jusque-là , je me bornerai dans mon service à ne faire usage que des *moyens thérapeutiques que fournit la pharmacie de la maison. L'homœopathie ne sera donc pas appliquée.* — Mais si je dois renoncer à *une pratique supérieure* que j'avais l'ambition d'introduire dans l'hôpital Saint-André , je prétends garder sur tout le reste la complète liberté de mes actions.

Agréez , Monsieur, etc.

La commission administrative à M. L. Marchant.

Bordeaux, le 9 septembre 1846.

Monsieur,

Nous vous adressons une expédition de la délibération que nous avons prise, le 4 de ce mois, pour annuler les dispositions qui vous ont été précédemment notifiées sur le traitement homœopathique dans l'hôpital, et qui interdit toute application de cette méthode, soit *directement*, soit *indirectement*.

Nous avons l'honneur, Monsieur, de vous saluer avec une considération bien distinguée.

Le vice-président. vicomte PELLEPORT.

J.-B. PELAUQUE, *secrétaire*.

Extrait des registres des délibérations de la commission administrative.

Séance du 4 septembre 1846.

Vu la délibération du 25 août dernier ; — vu le rapport de la réunion médico-chirurgicale de l'hôpital Saint-André, en date du 2 de ce mois ; — vu une lettre du docteur Marchant, médecin ordinaire de l'hôpital, du 3 de ce mois ;

Sur le rapport et la proposition de M. l'administrateur-commissaire ;

Attendu que la délibération précitée avait réglé les formes et les garanties sous lesquelles il pourrait être fait, dans l'hôpital, application du traitement homœopathique, autorisé par la commission dans certaines circonstances spéciales et avec des restrictions expresses ; — que ces formes exigeaient l'intervention *nécessaire* des différents chefs de service, qui déclinent, à l'unanimité, tout concours à un tel mode de traitement, et qui motivent cette abstention ;

Attendu qu'en cet état de choses il serait impossible de remplir, relativement audit mode de traitement, les précautions que la commission avait voulu prendre et les réserves dont elle avait voulu s'entourer ;

La commission délibère ce qui suit :

1° Toutes dispositions précédentes relatives à l'application de la méthode homœopathique dans l'hôpital Saint-André, sont et demeurent rapportées, nulles et comme non avenues ;

2° Il est interdit à tout chef, ou autres personnes attachées au service de santé de l'hôpital, de faire dans cette maison, ni *directement*, ni *indirectement, aucune pratique* d'après *les procédés homœopathiques.*

La présente délibération sera notifiée, par lettre, à la réunion, à M. le docteur Marchant et à M. le chirurgien chef interne.

> Pour extrait conforme :
> *Le secrétaire en chef,* J.-B. PELAUQUE.

———

Néanmoins le service des salles 14 et 4 se fait pendant dix-huit mois sans que le médecin soit recherché dans les actes formulés selon sa conscience et ses lumières.—Mais voici venir un pamphlet (chose vile en soi!) qui avertit la commission administrative que ce service est livré à l'homœopathie, et que cette pratique est proscrite, soit *directement*, soit *indirectement.*—Elle se laisse persuader ; elle croit que le chef de service manque à son engagement, et pense qu'il est de son devoir de le lui rappeler.

Ce qui a donné lieu à l'échange des lettres suivantes ; la commission y prend couleur ; elle menace :

Le vice-président de la commission administrative à
M: L. Marchant.

Bordeaux, le 5 février 1848.

Monsieur,

J'ai mis sous les yeux de l'administration la lettre que vous m'avez adressée par suite d'une communication importante que M. Mathieu, administrateur-commissaire de l'hôpital, avait été prié de vous faire.

Son objet est, aux yeux de la commission, tellement sérieux qu'elle n'a pas hésité à ajourner une détermination jusques à ce que vous ayez terminé le travail qui vous occupe et que vous annoncez sous quinzaine. Elle m'a autorisé à vous prévenir, en conséquence, qu'elle ne délibérerait sur les points dont vous a entretenu M. Mathieu, qu'à l'expiration de ce délai.

Mais elle m'a chargé en même temps de vous dire, dans l'intérêt d'une solution que la commission ne peut que désirer, que la question, entre vous et elle, n'est nullement scientifique ni expérimentale ; l'administration n'a pas à se prononcer sous ce rapport ; tout, pour elle, consiste dans l'accomplissement d'une condition à laquelle vous avez souscrit librement, qui n'a été posée qu'après délibération approfondie, et dont la commission ne saurait se départir. C'est donc relativement à ce point de vue qu'elle souhaite de trouver dans le travail annoncé des explications précises ; c'est enfin sur l'accomplissement de ces conditions qu'elle a besoin d'être édifiée.

En appelant ainsi votre attention sur le véritable point de la difficulté, la commission a voulu, Monsieur, vous donner une nouvelle marque de son estime, et une preuve du désir bienveillant qu'elle éprouve de conduire l'affaire à une solution qui soit satisfaisante pour vous aussi bien que pour elle.

J'ai l'honneur de vous saluer, Monsieur, avec une considération très-distinguée.   Vicomte Pelleport.

Lettre du Dr L. Marchant au vice-président de la commission administrative.

Bordeaux, le 11 juillet 1848.

Monsieur le vice-président,

J'ai l'honneur de vous adresser un rapport sur le service des salles 14 et 4, qui m'est confié.

Je prie avant tout la commission administrative d'agréer mes excuses pour le retard que j'ai mis à répondre à sa lettre du 5 février dernier. Qu'elle veuille bien croire que j'ai eu le désir de le faire plus tôt ; mais il est des événements qui entraînent les petites comme les grandes choses.

La commission administrative m'ayant paru attacher une certaine importance à ce travail, j'ai dû le multiplier par la presse. J'ai pensé que chacun des membres serait bien aise d'étudier la question pour en apprécier le véritable caractère, et pour se prononcer ensuite avec plus de maturité sur les divers points.

Je suis dans une grande erreur, ou la commission administrative doit trouver dans ce rapport les explications précises dont elle a besoin pour s'édifier sur l'accomplissement d'une condition souscrite librement, sans doute, mais qui ne pouvait m'enchaîner au point de m'empêcher d'entrer dans la voie du progès ; elle se convaincra que ce qui lui semblait le véritable point de la difficulté doit s'effacer, si elle veut apporter dans son examen l'esprit de bienveillance dont elle m'a donné souvent des preuves ; elle se convaincra surtout que si, avec les fonctions qu'elle m'a confiées, elle a rehaussé en moi le sentiment de la dignité médicale, elle peut compter que je ne transigerai jamais avec ce que je considère comme un droit intimement lié à l'indépendance de ma profession.

Réponse de la commission administrative à M. le Dr L. Marchant.

Bordeaux, le 31 juillet 1848.

Monsieur,

Nous avons reçu, avec la lettre que vous nous avez fait l'honneur de nous écrire le 11 de ce mois, votre rapport sur le service des salles n° 4 et n° 14 à l'hôpital Saint-André.

Nous avions attendu ce travail avant de prendre une détermination sur la communication que vous avait faite, en notre nom, notre collègue M. Mathieu.

Lorsque vous eûtes acquis, Monsieur, par quatre années d'adjonction (1), l'aptitude à devenir médecin ordinaire de l'hôpital, la commission, avant de se déterminer à vous présenter au choix de l'autorité, eut à examiner quelle devait être, relativement à cette présentation, l'influence d'un fait qui ne lui était pas connu quand elle vous avait nommé adjoint, et qui n'était que depuis devenu de notoriété à Bordeaux. Nous voulons parler de l'adoption, dans votre pratique en ville, de la méthode homœopathique.

Après un examen approfondi, il nous parut que la commission n'avait pas le droit d'imposer, aux malades que l'ordre des entrées dirigeait sur les salles affectées à votre service, un mode de traitement qui n'avait pas encore pour lui la confirmation d'une longue et générale expérience, que quelques rares praticiens préconisaient et employaient, mais qui était encore repoussé par l'immense majorité des médecins. Nous désirions, cependant, ne pas vous priver de la position à laquelle l'adjonction devait naturellement vous conduire, et nous voulûmes tout concilier. Ce fut dans ce but que nous vous fîmes pressentir par un de nos collègues, afin de savoir si vous consentiriez, en entrant dans l'hôpital, à renoncer réellement à y pratiquer l'homœopathie, à l'exception des cas désespérés où vos collègues de la maison auraient reconnu et constaté avec vous l'impuissance ou l'insuffisance de la médication ordinaire.

Vous acceptâtes ces conditions, Monsieur, et notre délibération

(1) Il fallait dire *huit années.*

qui les précise et qui les stipule fut revêtue librement de votre signature.

C'est dans cette situation que vous fûtes nommé et installé.

Depuis, Monsieur, l'universalité des praticiens de l'hôpital et les notabilités médicales en ville affirment que le traitement des malades admis dans vos salles rentre tout à fait dans le système de l'homœopathie. Le rapport que vous nous avez adressé sur votre service semble, en effet, d'après les détails qu'il renferme et suivant le dire de tous vos collègues, ne pouvoir laisser aucun doute sur l'adoption, dans votre pratique de l'hôpital, des principes qui constituent cette médication.

Votre demande d'une boîte de médicaments homœopathiques confirmerait seule cette tendance, et elle nous prouve que vos intentions ne seraient pas de vous conformer aux engagements pris par vous à l'époque de votre nomination, et qui ne déterminèrent le suffrage de la commission que parce qu'elle eut foi dans leur entier accomplissement.

Nous sommes donc placés dans cette position, que nous ne pouvons ignorer que, vous rattachant, soit directement, soit par les tendances que manifestent votre rapport et vos demandes, au système dont il est question, nos intentions et les garanties que nous vous avions demandées pour être sûrs qu'elles seraient remplies, paraissent aux yeux du public médical complètement éludées dans votre service.

Nous n'avons, Monsieur, ni la pensée ni le droit de juger le mérite de la méthode; la commission n'est pas non plus ennemie du progrès de l'art, tous ses actes le prouvent; et récemment encore elle a prêté son appui aux applications des nouvelles découvertes sur l'éthérisation et sur l'emploi du chloroforme, qui se sont présentées avec l'appui des sommités de la science. Mais l'homœopathie, malgré les années d'existence que compte déjà sa découverte, ne s'est pas encore ainsi posée dans le monde médical; spécialement à Bordeaux, la presque unanimité des docteurs la repousse, et sur huit que vous êtes attachés à notre hôpital, sept refusent tout concours à l'emploi d'un système qu'ils frappent de réprobation dans des termes explicites que nous n'avons pas besoin de rappeler ici.

Dans le monde, les familles ont le droit de recourir à volonté au traitement qui leur inspire le plus de confiance : parmi nous-mêmes, Monsieur, tel de nos collègues pourrait confier sa vie et celle de ses enfants aux procédés homœopathiques; mais comme administrateurs chargés de faire soigner des pauvres qui n'auraient pas cette faculté de choisir, et qui, par cela seul qu'on les dirigerait sur vos services.

devraient subir les conséquences de convictions qui ne seraient pas les leurs, ce serait une responsabilité que nous ne pouvons ni ne voulons assumer sur nous.

C'est dans cet état de choses, Monsieur, que, nous occupant une première fois de votre rapport, nous décidâmes, par notre délibération du 13 de ce mois, que nous ne pouvions accéder à la demande que vous nous faites d'une boîte de médicaments homœopathiques, et qu'il vous serait, au contraire, écrit afin de vous rappeler très-sérieusement à l'observation de l'engagement que vous avez souscrit, et pour interdire de nouveau, dans votre pratique à l'hôpital, tout mode de traitement qui, soit d'une manière formelle, soit par des combinaisons indirectes, se rattacherait au système homœopathique.

Les explications verbales que vous nous donnâtes, dans notre séance du 20, ne nous ont pas paru de nature à modifier l'impression résultant pour nous de l'examen de votre rapport sur le service de vos salles, et nous sommes restés dans cette conviction, que la stricte, entière et loyale exécution des engagements qui furent les conditions sous lesquelles vous fûtes nommé pouvait seule mettre à couvert notre responsabilité, telle que nous l'avons comprise.

Nous persistons donc, Monsieur, dans la détermination prise de vous les rappeler; et si, ce qu'il nous serait bien pénible de croire, vous ne vous conformiez pas à cette recommandation, nous en référerions à M. le ministre de l'intérieur.

Nous désirons que vous nous donniez, dans la huitaine, l'assurance que notre décision est exécutée.

Nous avons l'honneur, Monsieur, de vous saluer avec une considération bien distinguée.

G¹ PELLEPORT ; WUSTENBERG ; E. MAILLÈRES ; FEGER-KERHUEL ; MATHIEU.

A MM. Pelleport, Wustenberg, Maillères, Feger-Kerhuel et Mathieu, membres de la commission administrative.

Bordeaux, le 7 août 1848.

Messieurs,

Je réponds, dans le délai que vous m'accordez, à la lettre que vous me faites l'honneur de m'adresser, à la date du 31 juillet dernier.

La commission administrative persiste dans son opinion à l'égard du service qu'elle m'a confié ; elle persiste dans une erreur. Elle en serait revenue, si elle attachait plus d'importance au fond qu'à la forme.

Mon rapport et mes explications verbales sont on ne peut plus explicites, cependant : *je ne fais pas de l'homœopathie.* Prétendre le contraire, lorsque j'affirme et que je produis des preuves à l'appui, c'est blessant pour mon caractère.

Si je pratiquais l'homœopathie, serait-il raisonnable et convenable de ma part de venir demander, après deux ans, des remèdes dont j'aurais pu disposer journellement? Non, vous ne le croyez pas. Or, comme il faut des remède homœopathiques pour faire de l'homœopathie, et que la pharmacie de la maison n'en fournit pas, qu'on me dise comment je pourrais en faire l'application? Ma demande seule est la preuve la plus convaincante de cette impossibilité : conséquemment je ne peux en aucune façon, quoi qu'on dise, ne pas me conformer aux engagements que j'ai librement pris.

Quant aux assertions des médecins mes collègues, dont l'administration se fait un appui pour persévérer dans sa détermination, elles ne sont pas, croyez-le bien, assez affranchies de tout intérêt scientifique pour qu'on puisse en faire le point de départ d'une mesure quelconque. Il y a deux ans, la commission administrative aurait pu, jusqu'à un certain point, s'en rapporter à leur avis, et craindre pour le service; mais, aujourd'hui, après le résultat que j'ai mis sous ses yeux, elle doit au moins hésiter à se prononcer contre des faits aussi clairs, aussi positifs et aussi vérifiables que ceux que j'avance.

Et à ce sujet, permettez-moi de m'étonner que votre lettre ne fasse aucune mention du seul point important, du seul désirable pour des administrateurs d'hospices : des avantages cliniques et économiques que j'ai obtenus sur tous les autres chefs de services, et qui ne se sont pas démentis un instant. Ce n'était pas à moi de signaler cet oubli; mais, poussé à bout, je n'ai pu faire autrement. Si, à cet égard, je n'ai pas été assez heureux pour mériter votre bienveillance, j'ai toujours droit à votre justice.

Maintenant, et pour ce qui est de ce que vous appelez mes *tendances* (le mot est remarquable) homœopathiques, ni vous, ni personne, ni aucun pouvoir humain n'avez le droit de les diriger. Au lit du malade et dans la mesure de mes lumières, je ne relève que de Dieu et de ma conscience.

Ainsi, Messieurs, que le ministre de l'intérieur intervienne donc; je ne peux redouter sa décision, que je réclame avec vous et plus que vous, car j'espère que, placé dans une sphère plus élevée, et dégagé de toute influence locale, il saura aplanir des difficultés sans fondement et qu'il n'a pas dépendu de moi de prévenir.

J'ai l'honneur, Messieurs, de vous saluer avec une considération très-distinguée.

Espérant ramener la commission administrative à son point de départ , j'ai eu l'honneur de lui écrire la lettre suivante. Elle ne crut pas devoir y répondre, dans la pensée sans doute de subordonner ultérieurement ma demande à la nature de la solution qui peut intervenir dans nos difficultés.

Scrupuleuse à l'endroit de mes tendances cliniques, qu'elle entend réformer, ne suis-je pas en droit de lui dire qu'elle se serait montrée moins difficile si elle avait songé qu'elle tolère dans l'hôpital Saint-André une pratique aussi barbare qu'elle est illégale ; et qu'il n'est pas sans exemple que cette pratique se soit bornée seulement à l'application de la *calotte*, mais bien aussi à l'emploi de remèdes internes, sans l'autorisation des médecins de la maison? — Il s'agit de la teigne.

Cette si longue tolérance est vraiment inexplicable ; et cependant il y a un inspecteur-général des hospices, et il y a des lois.

A MM. les membres de la commission administrative,
au sujet de la TEIGNE.

Bordeaux, le 9 août 1848.

Messieurs,

Il existe, dans l'hôpital Saint-André, une classe de malades (*les teigneux*) qu'une habitude traditionnelle a dévolus aux soins exclusifs des respectables sœurs qui servent la maison.

La commission administrative a reconnu, depuis longtemps, que cet état de choses était irrégulier, et qu'il importait de le réformer, soit dans l'intérêt de la dignité de la pratique médicale, soit dans l'intérêt des malades eux-mêmes.

A cet effet, je prends la liberté de lui renouveler la proposition que j'ai eu l'honneur de lui adresser de vive voix : celle de me confier quelques-uns de ces malades, qui seraient soumis au *traitement homœopathique vrai*. Je ne crois pas trop hasarder que de vous promettre des guérisons douces, sûres, et certainement beaucoup moins lentes que celles qu'on obtient aujourd'hui par le traitement empirique et cruel (la calotte) qui est mis en usage. Ce sera pour la commission administrative une occasion favorable d'essayer une méthode si mal appréciée.

Dans le cas où il vous paraîtrait convenable d'accepter cette proposition, vous jugerez sans doute nécessaire de prescrire des mesures pour assurer la sincérité et l'authenticité du traitement.

MM. Arthaud et Bermond, auxquels j'ai parlé de ce projet, m'ont promis de me prêter leur concours.

J'ai l'honneur, Messieurs, etc.

Aux mêmes, sur une infraction au règlement intérieur.

Bordeaux, le 28 août 1848.

Messieurs,

Je dois vous donner connaissance d'un fait de la plus haute gravité.

Mes prescriptions éprouvent journellement, sans motifs d'urgence, quelquefois à l'issue de ma visite, des changements considérables.

On m'avait dénoncé ce fait, il y quelque temps ; je le trouvais si énorme que je le croyais impossible ; je ne m'y étais donc pas arrêté.

Mais, hier, 27, j'ai acquis la certitude qu'en effet il s'opère dans mon service une substitution de médicaments, je ne dis pas dans les cas d'urgence (il n'y a pas à réclamer à ce sujet), mais dans les maladies les plus simples, les plus ordinaires. Et ce qu'il y a de blessant pour la dignité et l'autorité du service, et en même temps d'imprudent, pour ne pas dire davantage, c'est le mystère qu'on y met.

J'en ai témoigné mon sévère mécontentement aux sœurs de la pharmacie et à madame la supérieure.

J'en ai écrit aujourd'hui à M. le chef interne, dans les termes que vous trouverez ci-joints.

Je pouvais encore moins vous laisser ignorer, à vous administrateurs, une pareille anomalie dans le service. Vous en apprécierez avec moi l'énormité. Elle est telle, qu'il n'y en a pas d'exemple dans les annales des hôpitaux.

Ma responsabilité est liée à mon droit ; elle cesse dès qu'il est méconnu ; elle est alors reversible sur ceux qui ne feraient pas respecter ce droit. Je me hâte de m'en plaindre à la commission administrative, qui est chargée de veiller à ce que chacun fasse son devoir et reste dans les limites de ses attributions. Qu'elle ne diffère donc pas à prendre ses renseignements, là où elle le jugera convenable ; et puis, qu'elle statue sans délai.

Elle comprendra que le chef de service d'un hôpital ne doit pas dépendre un seul instant des dispositions indisciplinées de ses subalternes.

C'est toujours l'ombre ou les apparences de l'homœopathie qui sont la source ou le prétexte de l'excès que je viens vous signaler, et qu'il était de mon devoir de porter à votre connaissance.

La commission administrative voudra bien me permettre de compter sur une prompte réponse à ce sujet.

Elle me permettra également de lui demander qu'elle veuille bien me donner l'indication, par numéro d'ordre, des pièces relatives à la difficulté qui existe entre elle et moi, et formant le dossier destiné au ministre de l'intérieur. Je lui demanderai pareillement une copie textuelle du procès-verbal de la réunion médico-chirurgicale tenue le 2 septembre 1846. Cette pièce, qui m'intéresse plus que personne, ne m'a jamais été communiquée; il est de toute justice qu'une expédition m'en soit remise. Je n'ai donc pas à insister à ce sujet auprès de la commission administrative; elle sait combien ma réclamation est légitime et fondée, elle ne peut souffrir la moindre difficulté.

Réponse de la commission administrative à M. Marchant.

Bordeaux, le 7 septembre 1848

Monsieur,

Nous avons reçu la lettre que vous nous avez écrite pour vous plaindre de certains faits qui impliqueraient une disposition habituelle à l'hôpital, chez le chef interne ou chez les sœurs de la pharmacie, à ne pas exécuter vos prescriptions, et à faire dans vos salles, pendant votre absence, une médication opposée à celle que vous avez ordonnée.

La commission ne saurait en effet tolérer, Monsieur, un semblable abus, et l'autorité du chef de service doit être reconnue et respectée.

Mais, à côté de cette autorité qui ne peut être constamment présente, il a fallu, pour les cas urgents et imprévus, établir dans la maison les choses de manière à ce qu'un malade ne restât jamais sans secours. C'est pour cela qu'un chef interne a été institué; et quand le chef de service n'est pas là, et qu'un accident est signalé, lui aussi a sa responsabilité, et il agit, pour le cas qui se présente, suivant que le veut sa conscience et par les moyens que ses connaissances lui signalent comme les meilleurs.

Il résulte des renseignements pris que c'est seulement dans quelques circonstances analogues qu'ont eu lieu des faits dont vous vous plaignez: s'il en est ainsi, nous ne pouvons blâmer le chef interne; si au contraire il avait agi en dehors de cette situation et dans le but de contrarier votre médication, il y aurait à le réprimander. Mais pour cela il devrait être procédé à l'examen de la question d'urgence ; ce qui amènerait la difficulté devant la réunion des chefs de service , qui seuls sont aptes à juger si la circonstance autorisait à agir.

Tout cela , Monsieur, démontre l'utilité des réserves sous lesquelles nous vous avons nommé. Nous savions que l'homœopathie , soit ses *tendances*, nous répétons ce mot, étaient repoussées par tous les hommes attachés au service de l'hôpital. Nous ne pouvions pas songer à exiger votre résidence perpétuelle dans la maison ; encore moins à vous fournir un personnel complet en chef interne, élèves et pharmaciens voués aux croyances homœopathiques , afin d'assurer que , vous absent, votre traitement, la constatation de ses résultats , les variations exigées par les cas imprévus, tout marcherait homœopathiquement , conduit et dirigé par des aides ayant cette foi. Voilà pourquoi nous avons exigé l'engagement que vous vous renfermeriez dans les méthodes ordinaires. Voilà pourquoi une méthode de traitement qui n'est pas conforme aux formules de la science, qui n'est pas enseignée dans les écoles, qui est contraire aux principes sur lesquels précisément nous faisons examiner les candidats qui se présentent , ne peut continuer dans l'établissement.

Les pièces que nous joignons au travail qui va être soumis à M. le préfet et au ministre sont :

1° La note par laquelle , le 16 juillet 1846 , vous expliquâtes vos intentions sur la pratique que vous adopteriez si vous étiez nommé médecin de l'hôpital ;

2° La délibération de la commission, du 24 juillet 1846, qui précisait les engagements explicites auxquels elle subordonnait votre présentation ;

3° La délibération du 14 août suivant, qui reproduisait les mêmes engagements, et que vous avez acceptée par votre adhésion signée ;

4° La lettre que vous nous avez écrite le 31 juillet dernier, et votre rapport imprimé ;

5° Votre réponse du 7 août ;

6° Une copie de la présente lettre ;

7° Une série de feuilles de vos cahiers de visite (1).

Nous joignons ici la copie que vous nous avez demandée de la décision de MM. vos collègues de l'hôpital, du 2 septembre 1846.

Nous avons l'honneur, etc.

G¹ PELLEPORT ; E. MAILLÈRES ; Lucien FAURE ; FEGER-KERHUEL ; MATHIEU.

(1) M. le secrétaire-général des hospices m'ayant dit que la série des

Réplique du Dr L. Marchant à MM. Pelleport, Maillères, L. Faure, Feger-Kerhuel, Mathieu, membres de la commission administrative.

Bordeaux, le 12 septembre 1848.

Messieurs,

Il résulte de la lettre que vous me faites l'honneur de m'écrire (2 septembre), en réponse à celle du 28 août dernier que je vous ai adressée pour me plaindre de certains faits, que mes plaintes n'étaient pas fondées, puisque vous n'avez pas trouvé matière à blâmer M. le chef interne.

Les renseignements que vous avez pris à ce sujet sont incomplets et inexacts. Si vous m'aviez contradictoirement appelé auprès de vous, je les aurais complétés, j'aurais remplis les lacunes.

La commission administrative aurait su qu'en fait d'intervention du chef interne, il s'agit moins de cas d'urgence que des cas les plus ordinaires de maladie : que mainte fois, dans les plus simples affections, dans les fièvres tierces à court période, par exemple, on a

feuilles envoyées au ministre répondait à mes cahiers de visite des mois d'août 1848, je ne crois pas inutile de faire connaître le mouvement de malades qui s'est fait dans mes salles à ces deux époques :

Août 1847. 251 malades. 11 morts. Restant au 1er sept. 65.

Août 1848. 224 » 6 » Restant au 1er sept. 55.

Je dois surtout mettre en évidence l'intention de la commission administrative dans l'envoi de cette série de feuilles. C'est de prouver au ministre que je fais de l'*homœopathie*, parce que mes prescriptions thérapeutbiques sont formulées *par gouttes* ou par milligrammes ou centigrammes, au lieu de les avoir formulées par doses massives, comme mes collègues. Mais le ministre ne se prononcera pas sur cette question avant d'avoir l'avis de médecins compétents (homœopathes) pour savoir d'eux si, en effet, les médicaments préparés et disposés selon les indications et les vues de l'allopathie constituent des médicaments homœopathiques, par cela seul qu'ils sont donnés à très-petites doses. La commission administrative s'est laissé persuader que la simplicité des remèdes et la petitesse des doses font toute l'homœopathie ; que j'en fais l'application, et que je suis par conséquent infidèle à mon engagement ; que dès lors je suis passible de révocation et que je dois être révoqué, bien que les résultats de mon service aient sur celui de mes collègues un avantage marqué, et pour les malades et pour l'administration.

substitué à ma prescription un autre traitement; que le 27 août, notamment, j'ai constaté pendant la visite, et à haute voix, que plusieurs fébricitants avaient pris du sulfate de quinine, quand j'avais prescrit un autre médicament, alors qu'il n'y avait pas urgence à faire cette substitution.

La commission administrative aurait appris que cette grave infraction au règlement intérieur a eu lieu soit spontanément, soit par suite de sollicitations hostiles; elle aurait appris que, sur mes interpellations, la sœur de la salle, l'interne et les malades n'auraient pu nier ce fait.

J'aurais en outre informé la commission administrative que M. le chef interne s'est toujours refusé à me venir rendre compte des raisons déterminantes qui avaient pu le porter, postérieurement à ma visite, à changer mes prescriptions; que trois fois je lui ai écrit pour le prier de se rendre à son devoir; qu'ils s'est constamment dispensé d'obtempérer à mon invitation, qu'elle lui fût transmise soit verbalement par mon interne, soit par lettre.

Tant de résistance ne s'explique que par un appui moral qui semble concerté.

Ai-je donc si grand tort de me plaindre des dispositions indisciplinées de mes subalternes?

Je ne doute pas, Messieurs, que si vous aviez eu tous ces renseignements, le blâme dont vous vous plaisez à décharger M. le chef interne ne serait pas tombé implicitement sur le chef de service. Ces plaintes sont fondées; appréciez-les maintenant, et voyez si j'ai eu raison de vous dire que la dignité et l'autorité du service ont été méconnues, si le mystère qui présidait à la substitution des médicaments était imprudent.

Je m'abstiens d'approfondir cette situation. Vous en comprendrez avec moi toute l'anormale gravité. Je ne peux pas cependant me défendre d'un sentiment de terreur, en songeant aux déplorables résultats qu'entraînerait un tel état de choses, si Bordeaux allait se trouver sous l'empire de la constitution épidémique qui pèse aujourd'hui sur les contrées nord-est de l'Europe. Le choléra peut nous envahir une seconde fois... il faudrait bien alors que chacun prît la responsabilité de ses actes et de sa position.

Voilà pour le premier chef de votre lettre; souffrez que je passe au second.

Je suis fâché de le dire à la commission administrative, mais il me semble que son rédacteur ne va pas toujours directement au sens vrai de ma lettre. — Je ne puis donc que lui répéter qu'il ne s'agit pas d'homœopathie dans mon service. Qu'elle veuille bien, en conséquence, se pénétrer que je n'en fais pas, que je ne peux en faire. D'où vient donc cette inflexible persévérance à croire un fait qui n'est pas, qui ne peut pas être ?... Et puis, si l'application de cette doctrine pouvait avoir lieu, vous verriez, Messieurs, qu'il n'importe pas ici de ma perpétuité dans la maison, ni de changer en quoi que ce soit le personnel de service. — L'observation des faits aurait bientôt fait des convertis, et tout serait facile alors. — A cet égard encore, la commission administrative me permettra de lui dire qu'elle est mal renseignée; elle ne peut pas savoir ce qu'il faut pour conduire à bien dans une voie normale un traitement homœopathique. Mais, une dernière fois, ce n'est pas là la question. Pourquoi donc se préoccuperait-elle de difficultés qu'elle n'a pas à vaincre? Je ne suppose pas, je ne crois pas qu'elle veuille me créer des torts. Mais d'où vient que le rédacteur de la lettre ne me rend pas de réponses catégoriques ?

Ce sont mes tendances qui sont blâmables, et qu'il faut réprimer. Vous conservez le mot tendances; il n'est pas heureux, il eût mieux valu ne pas le reproduire. Il acquiert aujourd'hui une valeur qu'il n'avait pas hier; il se traduit par celui d'intolérance, parce qu'il est arrivé au point de blesser profondément la liberté de conscience. Au siècle où nous vivons, dans un état démocratique républicain, à propos de l'application pratique d'une doctrine, émanant d'une science comme la médecine qui est toute dans l'observation, convenez que, si vous donniez à ce mot une pareille portée, il constituerait un bien hardi anachronisme. Je sais que l'esprit et les sentiments de la commission administrative sont différents. Il y a dans son sein trop de lumières et de désintéressement, pour ne pas croire qu'elle soit à la hauteur de sa mission. Mais moi, qui me sens violenté dans l'exercice de mes fonctions, j'exagère peut-être la signification du mot. Ce n'est donc pas elle qui a de l'intolérance. — Les intolérants seraient ceux qui ont signé le manifeste du 2 septembre 1846; — qui ont ainsi semé la défiance et les craintes dont vos délibérations sont pénétrées depuis, elles qui étaient, avant, si sagement résolues dans la voie du progrès médical; — qui établissent une lutte de doctrine, là où il ne peut être question que d'expérience et d'observation; — qui, ne pouvant pardonner les chiffres du rapport, voudraient obtenir une révocation comme ils ont provoqué un procès; — ce sont ceux, en un mot, qui se cachent derrière la coulisse, après avoir engagé la responsabilité et la dignité de la commission administrative dans une difficulté qui, au fond, n'est pas dans sa compétence.

Je ne terminerai pas cette lettre, Messieurs, sans témoigner à la commission administrative tout mon regret d'avoir été obligé de la suivre dans un différend qu'il n'était pas dans mon caractère d'affronter, et d'avoir pris envers elle une attitude qui n'a jamais été mal intentionnée dans ma pensée, et qui s'explique naturellement par la position particulière où je me suis trouvé engagé, celle d'être seul contre tous.

Je joins ici le tableau du mouvement des malades dits fiévreux, entrés dans l'hôpital Saint-André pendant les mois de mai, juin, juillet et août.

Agréez, messieurs, etc.

ÉTAT du mouvement de l'hôpital Saint-André pour les quatre derniers mois, et seulement pour le service médical.

CHEFS DE SERVICE.	MAI.		JUIN.		JUILLET.		AOUT.		TOTAUX.	
Messieurs :	entrés	morts	entr.	m.	entr.	m.	entr.	m.	entr.	m.
Gintrac..............	118	5	113	7	107	8	149	9	487	29
Pujos.................,......	119	8	111	8	104	5	172	5	506	26
Arthaud.	110	8	109	7	108	2	127	4	454	20
Burguet et Bermond.	161	7	133	11	130	6	156	16	580	40
L. Marchant...........	159	15	111	5	146	6	169	6	585	32

La moyenne des entrants pour les quatre services, sauf le mien, est de 506 malades. — La moyenne des décès est de 29, ou 1 sur 17; et la résultante de mon service est de 1 sur 18.

D'après les documents qui précèdent, les questions dont la solution est demandée au ministre sont les suivantes :

1° Peut-on dire que le Dr L. Marchant fait l'application de l'homœopathie dans l'hôpital Saint-André de Bordeaux, alors qu'il ne le fait pas, et que d'ailleurs les circonstances prouvent qu'il lui est impossible de le faire ?

2° Sur qui doit tomber le blâme au sujet des difficultés soulevées relativement au service des salles 14 et 4 ?

3° Les résultats cliniques obtenus pendant deux ans ne donnent-ils pas le droit au Dr L. Marchant de demander à la commission administrative des médicaments homœopathiques pour en faire l'emploi dans son service, à l'instar de ce qui se pratique dans l'hôpital de Thoissey (Ain)? (Voir, à cet égard, la lettre des administrateurs de cet hôpital, consignée dans son rapport, et dont la commission administrative des hospices de Bordeaux ne paraît pas avoir été touchée.)

4° N'y aurait-il pas lieu d'autoriser le Dr L. Marchant à faire tout au moins l'essai du traitement homœopathique sur les TEIGNEUX?

5° Enfin, y a-t-il lieu de provoquer la révocation de ce médecin, après les résultats cliniques et économiques qu'il a obtenus?

BORDEAUX. IMPRIMERIE D'ÉMILE CRUGY.

www.ingramcontent.com/pod-product-compliance
Lightning Source LLC
Chambersburg PA
CBHW061509170626
46811CB00004B/1675